国际大奖小说

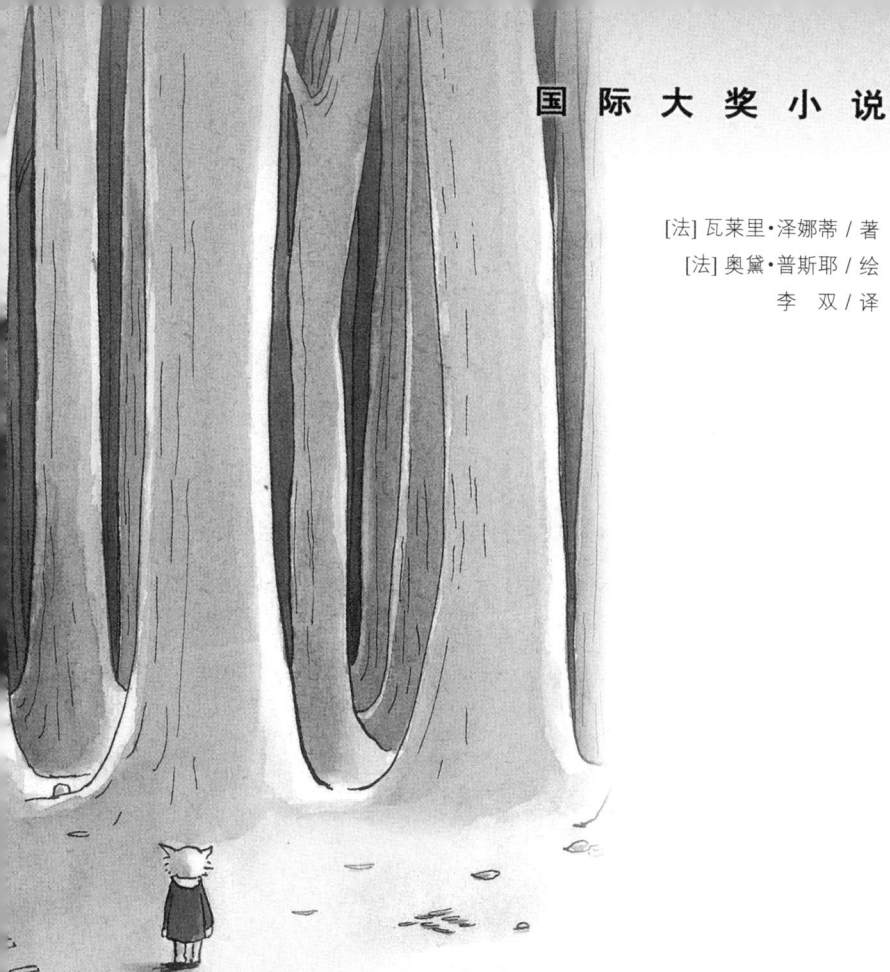

[法] 瓦莱里·泽娜蒂 / 著
[法] 奥黛·普斯耶 / 绘
李 双 / 译

# 追踪真相

VERITE, VERITE CHERIE

天津出版传媒集团
新蕾出版社

## 图书在版编目 (CIP) 数据

追踪真相/(法)泽娜蒂著;(法)普斯耶绘;李双译.
—天津:新蕾出版社,2011.5(2025.3重印)
(国际大奖小说)
ISBN 978-7-5307-5119-0

Ⅰ.①追…
Ⅱ.①泽…②普…③李…
Ⅲ.①儿童文学-长篇小说-法国-现代
Ⅳ.①I565.84

中国版本图书馆CIP数据核字(2011)第060121号
Original title: Vérité, vérité chérie
Text by Valérie Zenatti and illustrations by Audrey Poussier
© 2009 l'école des loisirs, Paris
Translation copyright © 2011 by New Buds Publishing House (Tianjin) Limited Company
This copy in Simplified Chinese can only be distributed and sold in Mainland China, no right for the areas of Hong Kong, Macau and Taiwan.
ALL RIGHTS RESERVED
津图登字:02-2010-264

出版发行:天津出版传媒集团
新蕾出版社
http://www.newbuds.com.cn

| 地　　址 | 天津市和平区西康路35号(300051) |
|---|---|
| 出 版 人 | 马玉秀 |
| 电　　话 | 总编办(022)23332422<br>发行部(022)23332351　23332677 |
| 传　　真 | (022)23332422 |
| 经　　销 | 全国新华书店 |
| 印　　刷 | 天津新华印务有限公司 |
| 开　　本 | 880mm×1230mm　1/32 |
| 字　　数 | 20千字 |
| 印　　张 | 2.5 |
| 版　　次 | 2011年5月第1版　2025年3月第37次印刷 |
| 定　　价 | 18.00元 |

著作权所有,请勿擅用本书制作各类出版物,违者必究。
如发现印、装质量问题,影响阅读,请与本社发行部联系调换。
地址:天津市和平区西康路35号
电话:(022)23332677　邮编:300051

# 前言

## 一辈子的书

梅子涵

## 亲近文学

一个希望优秀的人,是应该亲近文学的。亲近文学的方式当然就是阅读。阅读那些经典和杰作,在故事和语言间得到和世俗不一样的气息,优雅的心情和感觉在这同时也就滋生出来;还有很多的智慧和见解,是你在受教育的课堂上和别的书里难以如此生动和有趣地看见的。慢慢地,慢慢地,这阅读就使你有了格调,有了不平庸的眼睛。其实谁不知道,十有八九你是不可能成为一个文学家的,而是当了电脑工程师、建筑设计师……可是亲近文学怎么就是为了要成为文学家,成为一个写小说的人呢?文学是抚摸所有人的灵魂的,如果真有一种叫作"灵魂"的东西的话。文学是这样的一盏灯,只要你亲近过它,那么不管你是在怎样的境遇里,每天从事

怎样的职业和怎样地操持,是设计房子还是打制家具,它都会无声无息地照亮你,使你可能为一个城市、一个家庭的房间又添置了经典,添置了可以供世代的人去欣赏和享受的美,而不是才过了几年,人们已经在说,哎哟,好难看哟!

谁会不想要这样的一盏灯呢?

## 阅读优秀

文学是很丰富的,各种各样。但是它又的确分成优秀和平庸。我们哪怕可以活上三百岁,有很充裕的时间,还是有理由只阅读优秀的,而拒绝平庸的。所以一代一代年长的人总是劝说年轻的人:"阅读经典!"这是他们的前人告诉他们的,他们也有了深切的体会,所以再来告诉他们的后代。

这是人类的生命关怀。

美国诗人惠特曼有一首诗:《有一个孩子向前走去》。诗里说:

有一个孩子每天向前走去,
他看见最初的东西,他就变成那东西,
那东西就变成了他的一部分……

如果是早开的紫丁香,那么它会变成这个孩子的一

部分;如果是杂乱的野草,那么它也会变成这个孩子的一部分。

我们都想看见一个孩子一步步地走进经典里去,走进优秀。

优秀和经典的书,不是只有那些很久年代以前的才是,只是安徒生,只是托尔斯泰,只是鲁迅;当代也有不少。只不过是我们不知道,所以没有告诉你;你的父母不知道,所以没有告诉你;你的老师可能也不知道,所以也没有告诉你。我们都已经看见了这种"不知道"所造成的阅读的稀少了。我们很焦急,所以我们总是非常热心地对你们说,它们在哪里,是什么书名,在哪儿可以买到。我就好想为你们开一张大书单,可以供你们去寻找、得到。像英国作家斯蒂文生写的那个李利一样,每天快要天黑的时候,他就拿着提灯和梯子走过来,在每一家的门口,把街灯点亮。我们也想当一个点灯的人,让你们在光亮中可以看见,看见那一本本被奇特地写出来的书,夜晚梦见里面的故事,白天的时候也必然想起和流连。一个孩子一天天地向前走去,长大了,很有知识,很有技能,还善良和有诗意,语言斯文……

同样是长大,那会多么不一样!

# 自己的书

优秀的文学书,也有不同。有很多是写给成年人的,也有专门写给孩子和青少年的。专门为孩子和青少年写文学书,不是从古就有的,而是历史不长。可是已经写出来的足以称得上琳琅和灿烂了。它可以算作是这二三百年来我们的文学里最值得炫耀的事情之一,几乎任何一本统计世纪文学成就的大书里都不会忘记写上这一笔,而且写上一个个具体的灿烂书名。

它们是我们自己的书。合乎年纪,合乎趣味,快活地笑或是严肃地思考,都是立在敬重我们生命的角度,不假冒天真,也不故意深刻。

它们是长大的人一生忘记不了的书,长大以后,他们才知道,原来这样的书,这些书里的故事和美妙,在长大之后读的文学书里再难遇见,可是因为他们读过了,所以没有遗憾。他们会这样劝说:"读一读吧,要不会遗憾的。"

我们不要像安徒生写的那棵小枞树,老急着长大,老以为自己已经长大,不理睬照射它的那么温暖的太阳光和充分的新鲜空气,连飞翔过去的小鸟,和早晨与晚间飘过去的红云也一点儿都不感兴趣,老想着我长大

了,我长大了。

"请你跟我们一道享受你的生活吧!"太阳光说。

"请你在自由中享受你新鲜的青春吧!"空气说。

"请你尽情地阅读属于你的年龄的文学书吧!"梅子涵说。

现在的这些"国际大奖小说"就是这样的书。

它们真是非常好,读完了,放进你自己的书架,你永远也不会抽离的。

很多年后,你当父亲、母亲了,你会对儿子、女儿说:"读一读它们,我的孩子!"

你还会当爷爷、奶奶、外公和外婆,你会对孙辈们说:"读一读它们吧,我都珍藏了一辈子了!"

一辈子的书。

VERITE, VERITE CHERIE

# 目录
## 追踪真相

第 1 章　优等生卡米耶 …………… 1

第 2 章　第一次失败 …………… 11

第 3 章　神秘的外祖父 …………… 31

第 4 章　偶遇"小红帽" …………… 41

第 5 章　真相大白 …………… 57

# 第 1 章 优等生卡米耶

全班第一名的生活照

VERITE,VERITE CHERIE

  卡米耶是一只品学兼优的小狼。当她七个月大的时候,她的吼声就让人感到恐惧。一岁大时,她比班上所有的小狼跑得都快。到两岁的时候,森林里找不出第二只像她那样敏锐的狼,她能够嗅出周围十公里是否有兔子的味道。森林里的长辈们都不记得多久没有见过如此有天赋的奇才了。不管到哪儿大家都愿意以卡米耶为榜样,她的名声甚至超过了她所居住的"烦恼森林",老师们也都预言卡米耶的前途不可限量。

  新学期开学的第一天,老师们聚在一起讨论课程安排。

  "她会成为一名出色的教师。"校长说道。校长是一只体形偏胖、眼睛近视的公狼。

  "请原谅我的冒犯,校长先生,但我觉得她会成为一名身手不凡的狼群族长!"卡米耶吼叫课的老师纠正道。这是一只獠牙锋利、目光凶狠、身体细长的年轻母狼。

"一名身手不凡的狼群族长?可是我们从来没有见过啊!"校长一面嘟囔着,一面用鼻子嗅着,探察周围的环境。(近来,校长老是四处嗅来嗅去,还不时擦擦鼻子。这个动作对于成年的公狼来说很不礼貌,尤其他还是学校的校长。)"阿嚏!我不知道……我觉得我好像变得很敏感。"

"对什么敏感?"吼叫课老师问,并表现出一副很关心的样子。

"可能是对您敏感!哈哈,哈哈!"校长答道,接着爆发出雷鸣般的笑声,这与他的身份很不相称。

"好吧,言归正传,对于我们的小卡米耶,"吼叫课老师接着说,"我认为应该尽快把她送到另一所更适合的学校,比如'恶魔森林'学校。他们

教师办公室

正好有一项专门针对有天赋的小狼的训练计划。您将发现,卡米耶会成为一名卓越的森林狼群族长的。"

"嗯……人们会觉得……"校长说,"大家都知道这句老话:该来的一定会来……阿……阿嚏!"

一只骨瘦如柴、毛色灰亮的老狼看到校长他们正在谈话,也走了过来。但他仅仅在一旁听着,什么话也没有说。他是勒鲁先生,一位不苟言笑、来历不明的神秘长者,也是狩猎课的老师。有一天,他加入"烦恼森林"的狼群中,却从来没有说过他来这里的原因。他有一种难以言喻的威慑力,或者可

能是狼群对他的惧怕。

这段时间，卡米耶正在校园里玩儿捉迷藏的游戏，她每局都赢，弄得伙伴们都觉得跟她玩儿没意思。她没有想到老师们正在热烈地争论着她的未来，好像卡米耶的未来与他们息息相关，而根本不用考虑她个人的想法。不幸的是，这种现象在狼群或人群中都很常见。

第一学期末，卡米耶的父母收到了女儿的成绩单。她的各科成绩都很优秀。所有老师都一致同意给予卡米耶30分①的综合成绩，并给出以下评语：

卡米耶的各项成绩都很突出。她为我们狼族赢得了荣誉。我们不禁要问她还有多少、多少、多少潜力可挖！

（校长总是为自己的幽默感到很自豪，坚持在评语中用了三个"多少"。老师们并没有对此提出异议。他们

---

① 法国学校的满分成绩是20分。

都坚守在各自的岗位上;因为严冬的到来,整个"烦恼森林"都奇冷无比。至少在学校大家还暖和一点儿。)

卡米耶的父母看到成绩单后,激动得说不出话来。人们只能听到冰雹打在叶子上的声音。这也太奇怪了,爸爸妈妈好像都很生气似的不说话,卡米耶不知道是怎么回事,更不知道该怎么做。她甚至怀疑他们是不是哑

VERITE, VERITE CHERIE

了或者疯了。"好吧,既然这样,那我就去睡觉好了。"卡米耶郁闷地想。终于,爸爸妈妈注视着她,眼睛里充满泪水,用颤抖的声音说:"卡米耶,我们为你感到骄傲。孩子,因为你,我们是世界上最幸福的父母。"

为了给卡米耶庆祝,那天晚上他们吃了一只母鸡,那是爸爸妈妈下午冒着生命危险从狐狸家偷来的。

卡米耶得到了两个大鸡腿,这在她的心中可是世界上最大的幸福了。其实,幸福的事情还有很多:困到支撑不住时,眼前出现了一张温暖的床;让人给自己后背挠痒痒挠上一小时;独自爬上山顶俯瞰好像刚刚诞生的世界;或者喝上一杯热巧克力奶,不太浓也别太稀,不太热也别太凉,不太甜也别太苦……总而言之,恰到好处。当然还不能忘了:能够遇到一生的真爱。

这次的作业让卡米耶浑身的毛都竖起来了……

# 第 2 章 第一次失败

长时间的冰冻期,也就是我们常说的寒假结束了,所有的地方都被雨雪损毁得凌乱不堪。卡米耶重新回到了学校,她雄心勃勃地确定了第二学期的目标是在学期末得到40分的综合成绩。她已经想象到爸爸妈妈的兴奋之情了。

"他们会激动得跳起来。"周末,她对陪舅舅、舅妈一起来看望她的表妹罗斯菲娜说道。

"是啊……"罗斯菲娜毫不在乎地低声说,就像看到一块小骨头一样提不起兴趣,"可能吧……"

"他们会不会高兴死呢?"卡米耶继续说。

"是吗……的确……你能不能停会儿,别老想着你的成绩?总是这么说你自己的事情不怎么好。"罗斯菲娜说,"即使你很聪明,但你也应该谦虚一点儿,知道吗?"

"好吧,"卡米耶低声埋怨着,有点儿生气,"来吧,我们做游戏吧。"

VERITE, VERITE CHERIE

"做什么游戏?"

"捉迷藏。"

"可你总是赢我。"

"没有……"

"就是!"

"没有!"

"就是!"

"没有!"

"就是!"

最终她们还是做了游戏,而且还是卡米耶赢了。

(状况仍旧没有改变。)

一天上午,生活平静且自信满满的卡米耶受到了沉重的打击。

说实话,她并没有马上意识到事情的严重性。事情的到来既不是晴天霹雳,也不像地动山摇,却如同我们

国际大奖小说

宣布灾难般引起了巨大反响。的确,有些事情只是在不经意间搅乱了我们的生活。

狩猎课结束前,老师宣布:"请大家注意准备好下堂课要交的作业,题目是:我的祖父。"

"这跟狩猎有什么关系?"班上话最多的马蒂约问。

## VERITE, VERITE CHERIE

"所有跟你们有关的事情都会影响你们的狩猎方式。"勒鲁先生回答道,"你们的体重、耳朵的长度、眼睛、个性……"

"但是我们的祖父又不是我们!"马蒂约叫起来。

"错。"勒鲁先生说,"你们的祖父的确不是你们,但你们是你们父母的孩子,你们父母又是他们父母的孩子。这些发生在你们出生之前的事情,仍然和你们息息相关。"

罗斯菲娜和卡米耶在同一个班上,她举起手来问:"我们写祖父还是外祖父呢?"

"你们自己选。"勒鲁先生答道。

"那如果我们都没有见过他们怎么办?"

"嗯,那样的话就去问你们的父母吧。让他们告诉你,他们的父母是怎样的人,他们有责任这么做!"老师回答道。

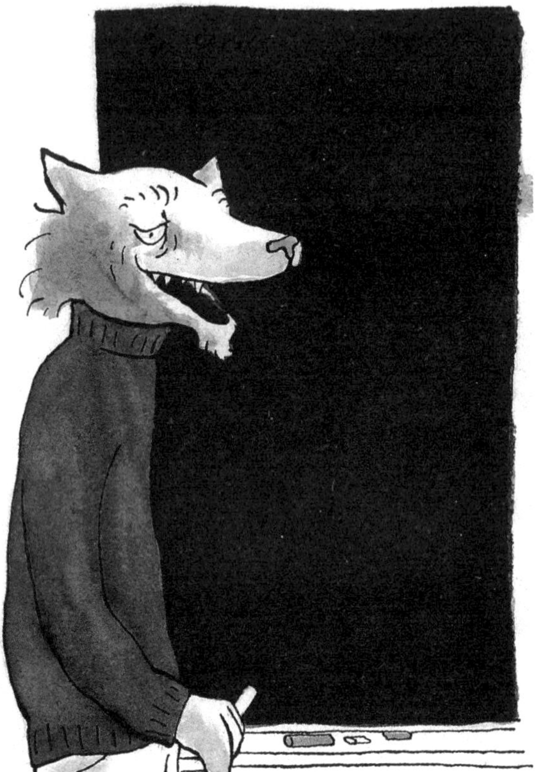

VERITE,VERITE CHERIE

课间休息的时候,小狼们聚集到一起,谈论起他们的祖辈来:"我的祖父,年轻时是赛跑冠军。"

"我爷爷,他曾经和一只雪狼一起在南极生活。我特别喜欢去他那里度假。我们一起吓唬企鹅。那些胆小鬼,你们真该看看他们逃跑时的样子!就像是会左右摇摆的大茄子!"

"我的外祖父当了很长时间的狼群族长!"

"我外公的吼声在森林的另一头都可以听见!"

卡米耶一言不发,双耳抿在后面,好像很害怕的样子,这对她来说很少见。突然,有人发现了:"看啊!卡米耶的耳朵抿在后面了!"

"什么让你这么害怕,卡米耶?"

"你看上去好奇怪,你想玩儿捉迷藏吗,放松放松?"

卡米耶感觉有点儿没力气,但又不愿意说不玩。

而这一次,她输了,她生命中第一次输了。但是输赢

已经不重要了。重要的是她感觉喉咙被什么东西卡住了,就像一个充满干稻草的球,而且这个球每分钟都在膨胀,好像快要爆炸了。

放学以后,卡米耶没有直接回家,而是径直去找妈妈。她正在垂柳下和族群里的其他妈妈闲聊。

VERITE, VERITE CHERIE

"妈妈,我想跟您说点儿事……"

"好的,宝贝,我听着呢。"

"我不想在这么多人面前说。您过来一下好吗?"

"不能再等会儿吗?"

"不行。"

妈妈瞧了眼朋友们,叹了口气:"唉……这些孩子……他们总是想起什么就是什么!"

朋友们点点头表示同意。

等卡米耶和妈妈走远了,这些母狼们开始聊起来:"她总是叹气,总是叹气……可还是惯着她!"

追踪真相

"就是啊,这孩子真是让人受不了。"

"他们什么都依着她,只因为她这也优秀,那也优秀……"

"优秀,优秀……你们忘了她是谁的后代啦!"

说这话的是校长的妻子。周围的人异口同声地问道:"她是谁的后代?"

"怎么……你们都不知道?"

"不知道……继续,快说啊!"

大家围坐在校长夫人身边。校长夫人以一种非常严肃的神情说起来,仿佛她要揭露遥远宇宙的尽头有些什么。或是她知

VERITE, VERITE CHERIE

道,地球有多大年纪,生命的起源是什么。

然而事实上,这只不过是些流言蜚语罢了。

这个时候,卡米耶和妈妈已经回到了自己的巢穴。

追踪真相

"好了，宝贝，告诉我发生什么了。你看上去很焦虑啊……"

"我有个疑问……是学校老师布置的作业……"

狼妈妈差点儿昏过去。

"你……你学习……你学习上有……有困难，我……我的宝贝？"

"不是，其实也不是这样。但……我有些问题想问您。我们需要写一篇描述祖父或是外祖父的作文，下周交，可是我不知道该写些什么。"

"你知道你爸爸他没有见过你的祖父啊。他被发现的时候还很小，而且是独自一人在'永恒之水'的河边。"

"是，我知道。那您的爸爸呢？他在哪儿？他是怎样的一只狼？为什么家里没有他的照片？"

"我的……爸爸？"

"是啊，您的爸爸。"

"他也去世了。他只身冒险前往另一个族群的领地……从那以后,我再也没有见过他。"

"可他是怎样一只狼呢?高大?矮小?强壮?聪明?严肃?"

"实际上我也记不清了,那时候我还很小。那件事发生时,我差不多跟你一般大……"

"那他呢?他那时候多大?"

"我不知道……也许有八岁了……"

"他是做什么的?是不是丛林里的狼群族长?"

"不……他是狩猎课的老师。"

"啊?和勒鲁先生一样吗?"

"是啊,和勒鲁先生一样。"

"那他……他叫什么名字?"

"什么?对,他的名字,每个人都有自己的名字……"

卡米耶的妈妈用左爪在地上乱抓,神情紧张极了。

国际大奖小说

"听着,宝贝,我们明天再聊这个吧。不是还早吗?作业不是下周才交吗?"

"是……"

VERITE, VERITE CHERIE

"那就好。不用那么着急,我得好好儿准备准备。你还记得吗?今天是满月,我和你爸爸还有满月集会要参加,就在今晚。"

"你们会很晚才回来吗?"

"应该是。但是,你那时候已经老老实实地上床睡了。明天还有课呢,你得保持精力充沛啊!"

"好的,妈妈。"

那天晚上,卡米耶没吃多少东西。她的父母对她有些担心。但是由于赶着去参加晚上的聚会,他们给卡米耶嚼了一些熏衣草根,让她放松心情并且能够快些入睡。爸爸像每天晚上一样为她唱一首名叫"小狼奥雷利"的歌,这是首狼群里代代相传的歌曲:

她是只可爱的小狼

名字叫作奥雷利

国际大奖小说

她不怕猫头鹰

也不怕黑蝙蝠


早晨她蹦蹦跳跳

晚上她舞来舞去

她非常热爱生活

生活也喜爱小狼


有一天,她遇见了

丛林里的另一只狼

他的名字叫尼古拉

他害怕所有的东西


害怕自己的影子

害怕自己的声音

VERITE, VERITE CHERIE

害怕丛林里的熊

还害怕黄鼠狼


但是奥雷利给他鼓励

我来教你如何笑

27　　追踪真相

国际大奖小说

无缘无故地笑

遇见朋友们笑

因为你而笑

因为我而笑

笑得如同疯子

笑得就像小狼

哈哈哈哈哈哈

哈哈哈哈哈哈

卡米耶闭上眼睛。爸爸在她的鼻子上亲了一下,妈妈也亲了一下。接着,他们踮着脚尖走开了。

"你觉得她真的睡着了吗?"爸爸一边问,一边和妈妈朝河边走去。

"当然,你没看出来她已经被很多无法回答的问题弄得精疲力竭了吗?相信我,我太了解卡米耶了,不会搞

VERITE, VERITE CHERIE

错的。"

父亲咕哝一声,夫妻俩迈开步子跑起来,因为他们害怕迟到。狼群族长讨厌迟到的家伙,他会很严厉地惩罚他们……

秘密

# 第 3 章

## 神秘的外祖父

卡米耶确定爸爸妈妈走远了，睁开一只眼，然后再睁开另一只，她看了看四周。她的父母之所以以为卡米耶睡熟了，是因为他们并不真正了解自己的女儿。他们隐瞒了什么？太棒了！卡米耶最喜欢探寻秘密了，尤其喜欢研究那些看上去无法理解的问题。

她决定从一件从未做过的事情入手：她要去爸妈从来不准她进入的小角落里，翻翻爸妈的物品。正如我们所知道的，这天晚上是个满月。天空明亮极了，只有几朵云彩像是装饰。一朵淡淡的、细细的云儿飘过去，好像是月亮长了胡子。卡米耶抬起头，冲着光彩夺目的月亮低声细语道："你啊，总是待在那儿。你什么都看在眼里，只要是晚上你都在场。我敢肯定你什么都知道，你知道那些我不知道的事情。但这不会持续太久了，相信我吧。"

她向前走了几步，钻进了那个小角落里。

角落里全是些没用的废弃物：干枯的树枝、很久以

VERITE, VERITE CHERIE

前吃剩的骨头、扁平的石子、发亮的碎沙。还有些卡米耶从未见过的奇怪物件：一个透明绷带包着的黑色盒子，绷带上印着 87 到 105 的数字；还有一个既可以用獠牙拉长，也可以用爪子压得瘪瘪的靴筒，靴筒好像可以无限拉长和收缩，这太有趣了。

盒子的旁边，有一个用蛇皮做的包（卡米耶看着全身直哆嗦）、一些破旧碎布，还有各种颜色的线团。

"疯了，爸妈居然收藏这些东西！"卡米耶想，"这些东西有什么用呢？他们为什么不让我来这儿？除了那个

黑盒子还有靴筒,一点儿有意思的东西都没有。"

胡须一样的云朵渐渐远离天上的明月,周围变得更加清晰了。卡米耶的目光停住了,看着她一直都没注意的地方。在碎布和线团下面,有一摞纸。更确切地说,是些旧报纸。她知道,尽管她不应该去读这些东西,因为爸爸妈妈总是跟她强调,以后有的是时间去看那些总是充满悲伤故事的报纸,她现在应该做一名有教养的年轻狼族成员,既聪明又强壮,既迅速又敏锐。即便是拥有天赋,是只优秀的狼,她也能够不断进步,不断学习……总而言之,报纸这种东西,是给病人还有老人打发时间的。她甚至不该去想,因为那简直就是浪费时间。

卡米耶小心地拿起报纸:纸张已经发霉了,有些地方都破损了。

她在外面找了个地方,在两棵非常相像,人们常用双胞胎来形容的橡树之间坐了下来。就是在这里,在月

VERITE, VERITE CHERIE

光之下,卡米耶了解并明白了一切。

在几张照片上有一只狼,和她的母亲长得很像,至少她的妈妈和这只狼十分相似。

标题字体很大,就在报纸的首页上。

## 凶手　冷血的谋杀犯

国际大奖小说

《狼族晨报》独家新闻:一位名叫"小红帽"①的年轻幸存者见证了一切。

狼群族长宣布:他破坏了约定,要对他施以最严酷的惩罚。

他的朋友们不理解他为什么这么做。他的家人与他断绝关系。

他的家人与他断绝关系……他的家人与他断绝关系……

他的家人……

卡米耶读不下去了。她崩溃了,瘫在那里。

她在树下哭了一个小时。又过了一会儿,她听到从河边传来的说话声。狼族的聚会刚刚结束。她从内心深

---

① 小红帽是格林童话《小红帽》中的人物。

VERITE,VERITE CHERIE

处感觉到这一刻既恐怖又美好,她发现了一个惊人的秘密,而这个秘密的当事人竟是自己的外公。

接着,她做出了决定。她离开家,朝着与河岸相反的方向跑去。刚开始步伐很小,后来越跑越快,身后像是有狼的嗥叫声:"快啊,加油,卡米耶!别停下来,不要回头!

37　追踪真相

往前冲啊！"

她跑了整整一个晚上。时间不仅没有使她感到疲劳，反而给她力量促使她越跑越快。世上没有人能跑得过她。她跑得比箭还快，比风还迅速。直觉告诉她要一直跑下去。尽管她也不知道往哪儿去，但是她的步伐却是如此确定，如此坚决。

终于，她放慢脚步，完全停了下来。这时，她来到一片从未踏足过的森林边上，但她却知道要找的就是这里。好像她早就知道这个地方，又好像这里就是月亮婆

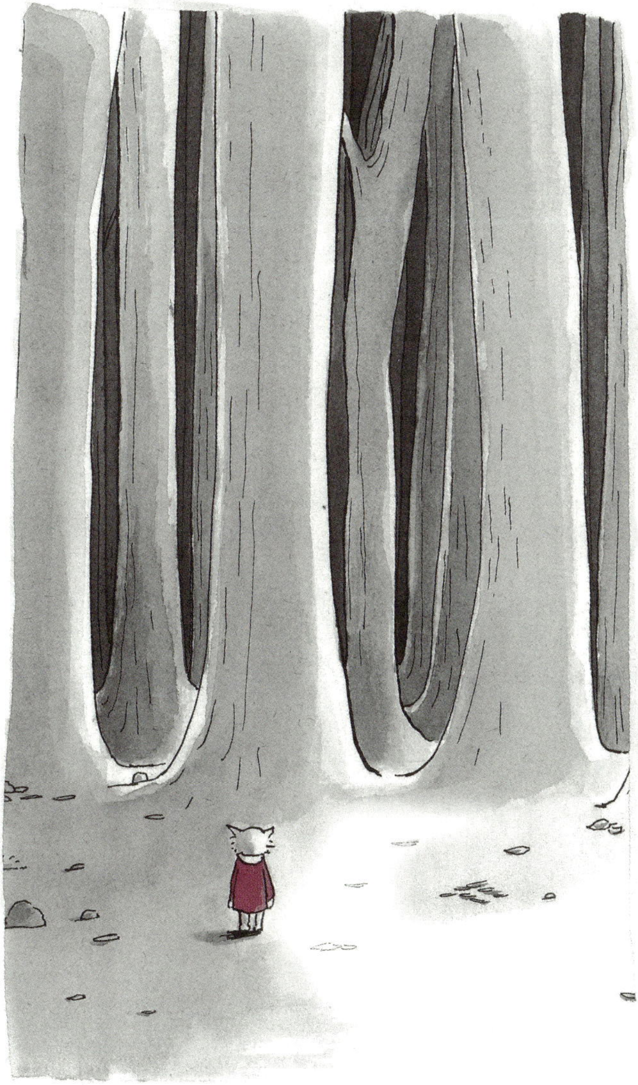

婆故意要告诉她的秘密。

她回忆起《狼族晨报》一篇文章里的片段：

奥古斯特·布拉克，又名"邪恶的大灰狼"，昨天又袭击了……他吃掉了一位居住在"美丽森林"深处的老婆婆，她不仅体弱多病而且毫无防卫能力……她的外孙女康斯坦斯，人们称她为"小红帽"，也没有逃过此劫……幸好一位猎人到来，才没有使情况恶化……奥古斯特·布拉克被安全部门人员逮捕并被关押在克罗克·克兰斯监狱判处终身监禁。这是方圆五百公里内最安全的监狱……从此，"美丽森林"的居民又能够安安稳稳地生活了……

# 第 4 章

## 偶遇『小红帽』

继续向前走,卡米耶的心中忐忑不安……

VERITE,VERITE CHERIE

"美丽森林"就在她眼前,这里种满了高大的樱桃树和榆树。卡米耶钻进林中,耳朵竖得直直的,鼻子不停地颤抖,对每一次呼吸或是脚步声都保持警觉。她小心翼翼地向前走着,以防吓着林中的小动物。突然,她停了下来,一只年老的猫头鹰挡住了她的去路。

"您好!"卡米耶打了声招呼。

"你好啊!"猫头鹰用一种深沉却很好听的声音答道。

"请您让我过去,好吗?"

"不行。"

"为什么?"

"因为……"

"因为什么?"

猫头鹰不屑于回答她的问题,反而问起卡米耶问题来。

国际大奖小说

"你去哪儿？"

"森林的深处。"

"你知道怎么去吗？"

"知道。我想我闭着眼睛也能找到。"

"你知道那里会有什么等着你吗？"

VERITE,VERITE CHERIE

"是的……我觉得……"

"你不害怕吗？"

"有点儿……"

"那你害怕什么呢？"猫头鹰以同样深沉的声音问道。

卡米耶犹豫了一会儿，因为这个问题的确很难回答。但是猫头鹰的话却给了她信心，她觉得她可以把一切都告诉猫头鹰，他不仅不会取笑她还会很严肃认真地对待她。她思考着，想找到合适的词语去形容她的感受："我害怕听到关于我外祖父的恐怖故事……但同时，我还希望有人能告诉我关于他的一些事……我想知道他是做什么的，还有……"

猫头鹰更加仔细地盯着她瞧。

"你外祖父叫什么名字？"

"奥古斯特·布拉克……"

"我知道了……"猫头鹰小声说,"那你就是卡米耶了,是吗?"

"是的,先生。您怎么会知道我的名字呢?"

"哦,我自有办法……"猫头鹰神秘地说,"现在,卡米耶,我得告诉你点儿事。"猫头鹰继续说道,"如果你能意识到自己心里的恐惧,就像你刚才做的那样,你就会懂得如何控制它。走吧,祝你好运。"

"再见,猫头鹰先生,谢谢您。"

卡米耶继续向森林深处走去,与猫头鹰的对话带给她更多的勇气。猫头鹰像是什么都知道似的。正如她刚才所说的那样:她闭着眼睛都能前进,她知道自己的步子该往哪儿迈,在哪个地方转弯。她马上就能到达目的地了,还有几千米……几百米……

在高大的榆树林中的空地上有一间茅屋,屋前竖着一块牌子。牌子上只是简简单单地写着:康斯坦斯。但

是，牌子的上方能隐隐约约看出两个擦去一半的字：外婆。

卡米耶敲了敲门，等待回答，心里紧张极了。

里面鸦雀无声，卡米耶知道家里没人。

这时，一只乌鸦从林中飞来，呱呱叫道："取出木钉，

门闩就会打开。呱！呱！呱！我不明白这句话，但我知道应该这么做。"

卡米耶没有听他的话，她走到一棵树下躺着，等待茅屋主人回来。

她等啊等啊，刚刚疯狂的奔跑让她疲惫极了，她不一会儿就睡着了。

一阵嘈杂声惊醒了卡米耶，奇怪的隆隆声越来越近。她睁开眼睛，瞧见一个女孩骑着一匹双腿呈圆形的无头马朝这边冲过来，还释放出一股难闻的气味。

她想了想，这应该不是一匹马。

VERITE,VERITE CHERIE

女孩从那个奇怪的坐骑上面下来,取下头上戴着的古怪的球,甩了甩头发,然后看着卡米耶:"你好,你在这儿做什么呢?"

卡米耶没有回答,喉咙打结似的讲不出话来。女孩走到她身边。

"你不会说话吗?你是不是迷路了?"

"不是……我在找您呢。"

追踪真相

"为什么啊?我们认识吗?"

"我们虽然不认识,但我知道您是谁。您就是'小红帽'吧,只不过现在您长大了,也变高了。"

女孩微笑道:"是啊,时间可不饶人……还有,很久没有人再称呼我'小红帽'了,他们现在叫我康斯坦斯。那么,你是谁啊?"

"我是,他的外孙女……"

康斯坦斯皱皱眉头:"你是奥古斯特·布拉克的外孙女?等等……不对!不可能!"

"是……"

"可是……你怎么会找到我的?你爸爸妈妈呢?"

"我想和你聊聊,"卡米耶没有正面回答康斯坦斯的问题,"这很重要。"

"你来得正好,我刚刚买完菜回来。我们可以做点儿鸡蛋煎饼,你喜欢吗?"

VERITE, VERITE CHERIE

"不知道,我从来没吃过。"

"那今天你可有口福了,来吧。"

康斯坦斯把面粉和牛奶倒进一个大碗里,这时,卡米耶偷偷地环顾着四周。

这里就是事情发生的地方,一切都是在这里发生的……

她感到烦乱不安。

她注意到一个奇怪的现象:她之前一直以为,那些可怕的事情只会发生在恐怖的地点,在阴暗的偏僻角落里,伴随着吓人的声音。很明显,她错了。她的外祖父就是在这样一个惬意而温暖的地方做坏事。这只是间很普通的屋子,人们在这里吃鸡蛋煎饼,而不是吃老婆婆和她外孙女。

康斯坦斯很善于观察,也很机敏,她在角落里看着卡米耶。她决定不去打扰卡米耶,任由她什么时候想说

国际大奖小说

再说。

  康斯坦斯觉得卡米耶很可爱。她有着敏锐的鼻子、灰白色的皮毛,眼睛里还有些不一样的东西:散发着哀伤、喜悦、自信,还有疑问的光芒,每一种情感都占据着这光芒的四分之一。

VERITE, VERITE CHERIE

"嘿，你愿意过来给我帮忙吗？"康斯坦斯问道。

卡米耶点了点头。康斯坦斯往不粘锅里放了块榛子般大小的黄油，卡米耶则在一旁用搅拌器揉面团。茅屋里顿时充满了香味。

"我外公……他长得什么样子呢？"卡米耶轻声问道。

康斯坦斯舀了一勺面放进锅里，然后旋转锅身，让煎饼的形状变得好看些。然后，她像个沉思者一样思考着。

"奥古斯特？怎么说呢？他有一双大大的耳朵……一张巨大无比的嘴……牙齿也很大……"

卡米耶认真聆听着，好像整个身体都变化成成千上万只小耳朵，生怕漏掉什么信息。

"他看上去很聪明……"康斯坦斯继续说，"当然也很可怕。他特别高大。你看见那个柜子了吗？他用后腿

站起来的时候和这个柜子一样高。"

"哦……他是只很坏的狼,是吗?"

康斯坦斯把煎饼翻了个个儿,继续煎了一会儿,然后往锅里又舀了一勺面。

"等会儿,我们先坐下吃完饭再说。饿着肚子聊天可不好。没人教你这些吗?"

"没有。"

"肚子饿的时候,我们想的和我们说的是不一样的。我们会说错话,将来会后悔的。"

她们面对面坐下,桌子上有一打刚刚做好的鸡蛋煎饼。康斯坦斯说道:"很久很久以前,大灰狼把一个村子里近一半的人都吃掉了。人们不得不奋起反抗和狼群斗争。这场人与狼的战争非常残酷。战争没有胜利者也没有失败者。最终,双方决定签署一份协定:人类不再猎杀狼,狼群也不得靠近人类。你的外公破坏了这个协定,我不确定到底是为什么,反正他的所作所为的确太糟糕了。我只记得,那天热极了,就好像在烤箱里一样!于是我穿过丛林去外婆家里避暑。我懒得从烈日炎炎的大路绕远。而你外公……可能他没有喝足够的水。这太不好

了,你知道这么热的天应该喝很多水的。否则要是脱水,那一定会疯的……总之,他就是那么做了,没必要去追究那些细节。然后他被关押在克罗克·克兰斯监狱很多年,如果我没记错的话,他被判得很重……"

"后来他去世了吗?"

"没有!他活得好好儿的呢!"

"什么?!"

卡米耶吞下一口煎饼,差点儿被噎死。

"当然啦,"康斯坦斯拍着卡米耶的后背说,"由于他在狱中的表现很好,减了不少刑。他现在住得离这儿不远,也就十几公里吧,就在拉马洛湖湖边。现在时间已经不早了,我知道他很早就上床睡觉。不过要是你愿意,我们明天可以去看看他。"

# 第 5 章 真相大白

相遇

VERITE, VERITE CHERIE

卡米耶已经三十六个小时没有合眼了,可是现在她还是睡不着。她在床上翻来覆去想找个舒服的睡姿,可是怎么也不行。

康斯坦斯倒是轻轻地打起鼾来。

卡米耶每分钟都有无数的问题浮现在脑海中:在一只狼的嘴里和肚子里,康斯坦斯到底是什么感觉?为什

追踪真相

么妈妈没有告诉我外公还活着？难道只有我一个人知道吗？明天他看到自己的亲外孙女会是什么反应呢？自己又会怎样？"小红帽"长大了，看上去已经不那么害怕这个犯过错的大灰狼，可是面对外公，自己会有什么感觉呢？

"以前我从来没有见过外公，也从没见过罪犯。"她心里想，"至少，我这次可以把两种人都见了。"

想着想着，她终于睡着了。

睡梦中，一个个噩梦接踵而来。她先是梦见妈妈在康斯坦斯的茅屋里做鸡蛋煎饼。突然，有人用力敲门。卡米耶的妈妈迅速跑到床底下躲起来，蜷作一团，像一只老鼠。卡米耶慌张不已，大声叫喊着："妈妈！妈妈！你得在这儿保护我！"可是妈妈却从烟囱逃走了，只留下卡米耶独自一人。房门被打开了，一只乔装成"小红帽"的猫头鹰说："赶紧逃跑吧，警察要来抓你了。"卡米耶问："为

VERITE,VERITE CHERIE

什么?""因为你吃了太多的煎饼。"猫头鹰严肃地回答。卡米耶骑上康斯坦斯的摩托车,朝着克罗克·克兰斯监狱的方向逃去……

第二天早晨,康斯坦斯和卡米耶一起吃了早点。康斯坦斯将一块生牛排装进饭盒里,卡米耶被这一细心的关照感动了。

她俩没怎么说话,但即便如此也感觉很好。有时候,两个人单独在一起保持沉默也会觉得很开心。

康斯坦斯骑上摩托车,卡米耶跟在她后面奔跑着。她们的速度都很快,驾车的司机们一旦落下来就再也追不上了。

在一块种着向日葵的田边,她俩停了下来。康斯坦斯把摩托车藏在灌木丛后,继续步行。

"他不喜欢摩托车,"康斯坦斯做着鬼脸说,"因为会有污染。"

她们沿着一条通往湖边的小路快速行走。

卡米耶看见一个干干净净的花园,花园中间有一座草棚。她很难想象到底发生了什么,甚至不知道自己是不是在做梦……

一只年老的大灰狼的侧影出现在草棚的门口。他虽然长得很瘦,精力却很充沛。康斯坦斯跟他打起招呼,卡米耶也难为情地靠近他……

"你好,卡米耶。"奥古斯特说。

卡米耶吃惊地看着他。

"你是不是好奇我怎么会知道你的名字?我有个老朋友在你们学校教书,他是

VERITE, VERITE CHERIE

你的狩猎老师勒鲁先生。每周他都会来这里看我,告诉我你长多大了,还告诉我你是一只极具天赋的小狼……"

卡米耶太感动了,眼睛里的泪珠直打转,甚至每一根毛发都能感受到她内心的喜悦。

康斯坦斯偷偷走开了,她小声说道:"好吧,你们单独待一会儿……我还要去买些东西。"

"过来,卡米耶。"奥古斯特说,"我们吃点儿东西,然后好好儿聊聊,就我们俩。"

卡米耶没敢告诉他刚刚已经吃过早点,她现在不那么饿。

他们沿着湖边走了一个上午,肩并着肩不停地小跑。卡米耶也不知道该说些什么,可奥古斯特问了她很多问题。他问卡米耶课下都喜欢干什么,身边是否有很多朋友,他还问到卡米耶是如何知道他的存在的。

有时,他们停下来喘口气,出神地望着湖面,或者不

经意地发现小鸟从天边飞过。

有一会儿,卡米耶好像看到前天夜里跟她说话的猫头鹰,停在树枝上休息,还冲她笑了笑。

快中午的时候,他们停下来抓了两只老鼠作为午饭。卡米耶看上去在思考着什么。

"我知道你有很多问题,却不敢问我。"奥古斯特说,"这很正常。我们还不是很了解对方。但是如果你能时不时地来这里看我,或许你就敢问了。"

整个下午,他们说了很多心里话。奥古斯特告诉卡米耶关于勒鲁先生的事并要她保密:勒鲁先生也曾被关进监狱,因为他把两头小猪的小草屋和小木屋给毁掉了[①]。当然,他没有奥古斯特的刑期那么长,但是他们之间一直保持着密切的联系。

---

①《三只小猪》是著名的英国童话,童话中讲述三只小猪和一只大灰狼斗争的故事。

VERITE, VERITE CHERIE

卡米耶感觉好多了,就好像阴雨天突然间转晴。她不必再像风一般疾驰,而是可以像阳光四射的孩子,在湖边打着水漂,没有什么心理负担,然后在森林里放声大笑。就像人们感觉自己身材既不太高,也不太矮,既不过于完美,也不太糟糕一样。

总之,恰到好处。

夜幕降临,康斯坦斯陪着卡米耶朝"烦恼森林"走

去。爸爸妈妈看到卡米耶回来高兴极了,但是卡米耶却没有告诉他们这两天到底去了哪里。他们再怎么逼问也没用,她没有透露和奥古斯特见面的任何消息。她要保密,至少要保持一段时间。

卡米耶写了一篇很棒的作文,题目是《我心目中的外公》。

接下来的一周,作业发了下来,卡米耶得了20分。勒鲁先生像个同谋犯一样对她使了个眼色,好像在说:"太棒了,卡米耶!你应该为自己感到骄傲。你是只了不起的小狼,永远都是!"

## VERITE, VERITE CHERIE — 关于我
### 追踪真相

我出生在法国，生日的那天恰好是愚人节。可能正因为如此，我对那些故作矜持、过于严肃的人总是不太喜欢。我更偏爱那些热爱生活的人，尤其是那些能从自己身上发现快乐的人。在我看来，懂得欢笑是一个人是否智慧的重要标志。

我的童年从不缺少故事。小时候我就爱依偎在祖母身旁，尽管她不太识字，也不懂得写作，但她讲的故事总是引人入胜。我让她一遍又一遍地给我重复那些精彩的片段……直到我能够复述每一个故事。

从识字那天开始，我便沉浸在书的海洋里，一直到今天。投入某个故事情节之中或是进入某个不同的生命旅程都会让我感到快乐。在我的印象中，世界虽然很大，但我却生活得过于紧张。正因如此，我要创作一个自己相信的世界。对我来说，这既是快乐的游戏也是很重要的工作。我喜爱创作儿童文学，孩子们看待成人和世界的方式，以及他们的好奇心都让我为之着迷。当我拿起笔为他们创作故事的时候，我也仿佛变回一个小女孩，这种感觉真是棒极了！

## 创作花絮
### 追踪真相

　　起初,这只是我为女儿妮娜编的一个故事。那时她才只有六岁,每天都要我给她讲两个新的故事,但是构思新的人物和情节并不那么容易。那天,我就告诉她:"不行,我没有新故事了。"但每当我快没有灵感的时候,反而会文思泉涌。很早以前我就打算讲述一个关于狼的故事,因为这些"坏人"的故事总是很吸引人。我开始构思一只具有超常智商的小母狼:卡米耶。虽然还不确定接下来她会有怎样的故事,但是这些先天就"完美无缺"的人物和"坏人"一样引人入胜:他们都有致命缺陷,某种会让他们不堪一击但又需要花点儿工夫去发现并揭开那神秘面纱的缺陷。卡米耶的缺陷就是她所不知的家族历史。自己的祖父是杀人犯的确让人难以接受……

　　我是一边给女儿讲着故事,一边即兴创作。一开始我告诉她,卡米耶的祖父死了,但是她并没有因此而哭泣,而是感到悲伤。于是我改变了故事发展的情节,决定让卡米耶的祖父一直活着,并从监狱里释放。

　　讲完这个故事,我看到了女儿眼中的泪花,于是我知道,这个故事可以结束了……

瓦莱里·泽娜蒂

# 从秘密上面走过

小隐娘 / 蓝袋鼠亲子文化网站总编辑

一个家族之中,总有或大或小的秘密吧。当然了,这是人性使然。光彩的、令人骄傲的事情,总是被人有意无意地传扬千里,而一些令人蒙羞的糗事,那是需要掩盖、甚至窖藏的,久而久之,便成了秘密。小狼卡米耶的同学们,讲起自己的祖父,个个眉飞色舞:赛跑冠军啦,狼群族长啦,都是很荣耀的称号。有一个同学说他外公的吼声在森林的另一头都可以听见,作为一只狼,他确实足够威武。有一个同学的爷爷更牛,他曾经与一只雪狼一起生活在南极,这简直有点儿传奇了。品学兼优的卡米耶,第一次有了挫败感。她揭开了一个突如其来的秘密:外公竟然是一个杀人犯,他被判了终身监禁……

把《追踪真相》这本书推荐给我的儿子看,我们叫他小隐同学,十岁,童蒙未凿。小隐同学虽然看过很多书,但他对于书的评判向来非常吝啬,大概就是"好看"、"不好看"两类。他回答我的第一句话是:好看。这使得问题有了继续加深的可能。我接着问:你喜欢什么?他是这样回答第二个问题的:卡米耶在"美丽森林"的探险。这个回答让我感到意外,他把知道外公是何人这个话题绕过去了,直接到达揭开秘密的那个地方。我不得不提出第三个问题:如果你像卡米耶一样,突然发现外公是一个杀人犯,你的感觉是什么?他毫不犹豫地回答:生气。这真是一个不加任何修饰的回答,生气是应该的!首先,外公为什么可以杀人呢?其次,杀人的怎么可以是我的外公呢?

因为小隐同学的回答,我对这个问题产生了浓厚的兴趣。我写了一则求助的微博,请妈妈朋友们帮我问问她们的孩子。答案陆续地来了,这些孩子也与小隐同学同龄,都在十岁左右。艾莲娜是一个美籍华裔女孩,坦白说看这本书的第一章,关于优等生卡米耶的描述,我第一个联想到的就是艾莲娜,她与卡米耶有着惊人的相似。因此,我很期待艾莲娜的回答。"罪恶感!"艾莲娜如是说。她家里还有一位年长几岁的哥哥也是异口同声。就是

说,他们感到有犯罪感,不管是对外公,还是对自己。我猜,这应该与美国的宗教教育有关。另一个叫作天天的男孩,古灵精怪出了名,他说他有罪恶感和困惑感:外公为什么要杀人呢?

对于这个秘密的不同反应决定了他们采取的行动。因为这个秘密是假设的,所以,周围的孩子们如何采取行动我无从得知。我们只能回到卡米耶身上。卡米耶是什么反应呢?她的第一感觉是崩溃,一下子瘫在那里。然后她哭了一个小时。后来,她突然从内心深处感觉到这一刻既恐怖又美好。接着,卡米耶做出了决定,她离开了家,朝着河岸相反的方向跑去。她要去哪里,或许一开始她自己也不知道,但冥冥之中自有一种指引。她来到了"美丽森林"。"美丽森林"是一个值得研究的名字,它刚好与卡米耶生活的"烦恼森林"形成了对比,甚至,当初老师们惊叹卡米耶天赋的时候,曾经提出应该把她送到一所更合适的学校,那所学校却在"恶魔森林"。莫非,"美丽森林"才是她成长的真正乐园?

带着秘密上路的卡米耶,穿越了高大的樱桃树林和榆树林,从猫头鹰那里得到了更多的勇气。接着,她拜访了康斯坦斯(就是那个叫作"小红帽"的著名女孩,卡米耶的外公就是因为吃了她的外婆而获罪)。在康斯坦斯看来,卡米耶的眼神中有些不一

样的东西：哀伤、喜悦、自信，还有疑问的光芒。正是这样的一个卡米耶，最后见到了秘密事件的中心人物——外公，一只年老的大灰狼。外公对于卡米耶的一切竟然是非常熟悉的，他问了卡米耶很多问题。他们沿着湖边走了一个上午，又聊了一个下午。外公就是一个亲爱的外公，他们相互说了很多心里话，他们的关系自然天成。卡米耶心里的结解开了。她觉得一切都恰到好处，既不过于完美，也不太糟糕。

卡米耶最终还是回到了"烦恼森林"，但"美丽森林"的经历，已经为她烙上了一个与众不同的烙印，她不再是当初"烦恼森林"里的卡米耶了。这段经历，正是我家小隐同学最喜欢的"探险"之旅，它需要身体和心灵的共同参与。

瓦莱里·泽娜蒂的故事讲得真漂亮，最重要的是，她钻到了孩子的心里去。卡米耶如此，我们又何尝不是呢？

或许，我们的身边就有很多事情，对于孩子来说，是天大的秘密。他们会在某一天，打开秘密，从秘密上面走过，然后成长起来。相信每一个孩子，都有属于自己的钥匙。